GUÍA DE LECTURA

Escrita por Natacha Cerf
Traducida por Laura Bernal Martín

Ensayos

de Michel de Montaigne

ResumenExpress.com
GUÍA DE LECTURA
Cincuenta sombras de Grey
de E. L. James

MICHEL DE MONTAIGNE 1

Escritor y filósofo francés

ENSAYOS 2

Ensayos, la obra de toda una vida

RESUMEN 3

PUNTOS DESTACADOS 27

El humanismo
Composición y estructura de *Ensayos*

CLAVES DE LECTURA 30

Un autorretrato
La escritura de Montaigne
Un juicio crítico
La educación
La religión
Las relaciones humanas
La búsqueda de la sabiduría

PISTAS PARA LA REFLEXIÓN 44

Algunas preguntas para profundizar en su reflexión

PARA IR MÁS ALLÁ 47

MICHEL DE MONTAIGNE

ESCRITOR Y FILÓSOFO FRANCÉS

- **Nacido en 1533 en Saint-Michel-de-Montaigne**
- **Fallecido en 1592 en el mismo lugar**
- **Su obra:**
  - *Ensayos* (1590-1595)

Michel Eyquem de Montaigne (1533-1592) es un escritor, filósofo y hombre político francés del Renacimiento comprometido con la vida política de su país: ocupa la función de Consejero del Tribunal de Auxiliares de Périgueux y destaca su cargo como alcalde de Burdeos. Sin embargo, aspira esencialmente a la lectura y a la escritura, lo que le lleva a lanzarse a redactar *Ensayos*, una obra maestra de la literatura francesa que recopila sus experiencias, pensamientos y consideraciones sobre el mundo.

Montaigne es un humanista cuya búsqueda esencial es la de la sabiduría, más allá de juicios morales, políticos y religiosos.

ENSAYOS

ENSAYOS, LA OBRA DE TODA UNA VIDA

- **Género:** ensayo
- **Edición de referencia:** de Montaigne, Michel. 2003. *Ensayos*. Traducido por Constantino Román Salamero. Alicante: Biblioteca Virtual Miguel de Cervantes
- **Primera edición:** 1580
- **Temáticas:** introspección, condición humana, sabiduría, amistad, educación

Aunque comienza a redactarla en 1570, la primera edición de la principal obra de Montaigne, *Ensayos*, data de 1580. En ella, el filósofo aborda un amplio abanico de temas, como la medicina, la naturaleza o el saber vivir, y combina reflexiones sobre sí mismo y sobre el hombre en general.

La introspección en la que se sumerge tiene como objetivo descubrir la realidad de la condición humana: para comprender qué es el hombre, observa —tanto en sí mismo como en los demás— todos los aspectos de la vida, los más insignificantes, los más cotidianos y los más banales.

RESUMEN

LIBRO I

Capítulo I — Por diversos caminos se llega a semejante fin

Los comportamientos y reacciones de los hombres varían tanto que es difícil saber cómo ablandar el corazón de aquel al que hemos ofendido.

Capítulo II — De la tristeza

La tristeza se manifiesta de diversas maneras. Es una emoción viva, y como tal desborda y derrota al alma.

Capítulo III — Como lo porvenir nos preocupa más que lo presente

El hombre debería seguir los consejos de Sócrates (filósofo griego, 470-399 a. C.) y buscar conocerse en el presente. En lugar de hacerlo, siempre se proyecta en el futuro por miedo, deseo o esperanza.

Capítulo IV — Como el alma descarga sus pasiones sobre objetos falsos, cuando los verdaderos la faltan

El hombre experimenta la necesidad de expresar sus emociones incluso cuando no puede arremeter contra la causa de dicha emoción. Se hace con cualquier pretexto y oyente para calmarse emocionalmente.

Capítulo V — Si el jefe de una plaza sitiada debe o no salir a parlamentar

Una victoria digna solo se logra con coraje y lealtad. Montaigne se plantea la siguiente pregunta: ¿debe el jefe de una fortificación amenazada por los sitiadores salir para negociar, como propone el enemigo, arriesgándose a que se trate, quizás, de una emboscada para quitarle el puesto? Montaigne confiaría en el enemigo.

Capítulo VI — Hora peligrosa de los parlamentos

¿Cómo confiar en el enemigo durante las negociaciones? Es necesario mantener la lealtad en cualquier circunstancia y no matar al enemigo cuando se acerca para firmar la paz.

Capítulo VII — Que la intención juzga nuestras acciones

No hay que juzgar los actos del hombre —este no siempre los domina, ya que también dependen de las circunstancias externas—, sino tener en cuenta sus intenciones.

Capítulo VIII — De la ociosidad

Cuando abandonamos nuestras funciones públicas a favor de los estudios, hay que sumergirse en la disciplina de la escritura: de no hacerlo, los pensamientos se dispersan demasiado.

Capítulo IX — De los mentirosos

Los mentirosos tienen buena memoria porque, para no traicionarse a sí mismos, deben acordarse de todas sus mentiras. Montaigne tiene mala memoria. La mentira es una perversión de la comunicación humana.

Capítulo X — Del hablar pronto o tardío

¿Es preferible tomar la palabra premeditadamente, como los predicadores, o de forma espontánea, como los oradores? Ser espontáneo puede ser beneficioso.

Capítulo XI — De los pronósticos

Es extraño y perjudicial que los hombres se muestren más apegados a las profecías que a vivir el presente.

Capítulo XII — De la firmeza

Ser constante significa soportar los males irremediables.

Capítulo XIII — Ceremonias de la entrevista de reyes

Todos los países y ciudades tienen ceremonias que les son propias. Montaigne recomienda comportarse correctamente con el prójimo: es preciso respetar sus reglas de cortesía, puesto que es una manera de hacerle adoptar una postura abierta. No obstante, un exceso de cortesía puede acabar convirtiéndose en mala educación.

Capítulo XIV — Del castigo por obstinarse sin fundamento en la defensa de una plaza

No hay que obstinarse por defender una fortificación contra enemigos demasiado numerosos. De hacerlo, la virtud de la valentía se convertiría en vicio.

Capítulo XV — Castigo de la cobardía

Los cobardes ya se ven castigados por la vergüenza. Por ello, es más fácil mostrarse indulgente con ellos que con los hombres mezquinos.

Capítulo XVI — Un rasgo de algunos embajadores

Los embajadores no se contentan con informar sobre lo que han visto u oído, sino que añaden elementos para demostrar su valía.

Capítulo XVII — Del miedo

Existen dos maneras de reaccionar ante el miedo: quedarse paralizado o actuar de manera insensata.

Capítulo XVIII — Que no debe juzgarse de nuestra dicha hasta después de la muerte

La muerte es un momento de verdad: el hombre ha de esperar al último día de su vida para saber si ha sido o no feliz, ya que todo lo humano es inconstante y cambiante. De la misma manera, solo podemos juzgar al prójimo llegado el momento del fin, puesto que no es hasta el último segundo que las apariencias desaparecen y la verdad se revela.

Capítulo XIX — Que filosofar es prepararse a morir

La vida no se mide en minutos, sino en cómo los empleamos: es preferible filosofar a buscar el deleite.

Capítulo XX — De la fuerza de imaginación

La creencia en milagros y en visiones procede de la imaginación. Esta última tiene incluso el poder de curar el cuerpo mediante remedios en los que creemos.

Capítulo XXI — El beneficio de unos es perjuicio de otros

Este beneficio no es condenable. Lo comprobamos en la ley de ganancias: el médico se enriquece gracias a los males de sus pacientes.

Capítulo XXII — De la costumbre y de la dificultad de cambiar los usos recibidos

A Montaigne le parece deplorable que nuestras costumbres estén, a veces, tan profundamente arraigadas en nosotros que nos llevan en contra de nuestra naturaleza primera y de nuestra espontaneidad. La fuerza de la costumbre se observa en la diversidad de hábitos y tradiciones que existen en el mundo y que actúan como leyes.

Capítulo XXIII — Diversos sucesos del mismo orden

El filósofo observa que una misma intención produce actos diferentes. El que las consecuencias de una intención idéntica varíen en tal grado se debe a que es el azar el que guía los acontecimientos.

Capítulo XIV — Del pedantismo

El pedante siente tanta admiración por los eruditos que deja de pensar por sí mismo y se entrega a ellos por completo. Sin embargo, ser sabio significa tener un espíritu crítico y moral.

Capítulo XV — De la educación de los hijos a la señora Diana de Foix, condesa de Gurson

Para que el niño adquiera el sentido moral y crítico, es preferible que lo eduque «un preceptor de mejor cabeza que provista de ciencia» (Montaigne 2003, libro I, cap. XXV). El niño debe aprender a observar, a escuchar y a relativizar los juicios y valores. Lo más importante es lograr que tenga ganas de aprender.

Capítulo XXVI — Locura de los que pretenden distinguir lo verdadero de lo falso con la aplicación de su exclusiva capacidad

La credulidad es ignorancia, pero la incredulidad es arrogancia: no es nuestra capacidad de juzgar, sino Dios, la referencia de lo verdadero y de lo falso.

Capítulo XXVII — De la amistad

Montaigne habla de su amistad con Esteban de La Boëtie (escritor francés, 1530-1563). Al contrario que las relaciones familiares o amorosas, una relación de amistad es una comunicación perfecta entre dos personas que se han elegido con libertad. Ambos amigos se conocían a la perfección y, cuando La Boëtie falleció, una parte de Montaigne se marchó con él.

Capítulo XXVIII — Veintinueve sonetos de Esteban de La Boëtie

Los sonetos de La Boëite que Montaigne había ubicado en este capítulo y que aparecían después de la dedicatoria a la condesa de Guissen ya no aparecen. El propio Montaigne los suprimió en el ejemplar que serviría de nueva edición de los *Ensayos*.

Capítulo XXIX — De la moderación

Es esencial, pero hay que tener cuidado: una virtud practicada con exceso se convierte en vicio.

Capítulo XXX — De los caníbales

El filósofo expresa la relatividad de los juicios de valor: nos impacta el canibalismo de los brasileños, pero a estos les chocarían las desigualdades sociales que existen entre los hombres en Europa. No hay que rechazar con tanta facilidad y de manera tan categórica lo que no se corresponde con nuestras propias costumbres.

Capítulo XXXI — De la conveniencia de juzgar sobriamente de las cosas divinas

Nadie puede predecir los designios de Dios, por lo que los impostores abusan de la credulidad y de la ignorancia del pueblo.

Capítulo XXXII — De cómo algunos buscaron la muerte por huir los placeres de la vida

San Hilario (315-367), obispo de Poitiers, deseó la muerte de su hija a pesar de que había sido bien educada, de que era hermosa y de que era rica; es decir, que tenía un futuro prometedor. Lo que San Hilario quería era hacer que su hija perdiera el gusto por los placeres mundanos y entregarla a Dios en cuerpo y alma.

Capítulo XXXIII — Coincidencias del acaso y la razón

A veces, el azar tiene mejor tino que la razón.

Capítulo XXXIV — De un vacío en nuestros usos públicos

Montaigne señala un defecto de nuestra sociedad: no existe un lugar en el que un empleado registre las peticiones de la gente; por ejemplo, tal individuo quiere vender tal cosa, tal persona desea que le acompañen a París, tal otra busca un obrero, etc. De esta forma, todo el mundo podría explicar qué necesita y su petición podría ser satisfecha.

Capítulo XXXV — De la costumbre de vestirse

La vestimenta sigue siendo una de las pruebas del poder de la costumbre, puesto que existe sin que la naturaleza lo exija e incluso cuando no sirve para protegerse del frío o de la indecencia.

Capítulo XXXVI — Del joven Catón

Montaigne quiere rendir homenaje a Catón (hombre de Estado y escritor romano, 234-149 a. C.), al que considera un hombre injustamente denigrado. Describe la tendencia de los hombres a emitir juicios precipitados, a rechazar la diferencia, a mostrarse intolerantes y a compararse con los demás. El filósofo, por el contrario, es capaz de respetar e incluso de elogiar a los demás.

Capítulo XXXVII — De cómo reímos y lloramos por la misma causa

Un vencedor puede congratularse por su victoria y llorar por el derrotado, de la misma manera que un vengado puede alegrarse de serlo y sentir tristeza por el daño que provoca su venganza.

Capítulo XXXVIII — De la soledad

La verdadera libertad se encuentra en la soledad, y es necesario ser capaz de enfrentarse a ella. Bastarse a sí mismo es positivo.

Capítulo XXXIX — Consideración sobre Cicerón

La vanidad de este orador romano (106-43 a. C.) demasiado elocuente es deplorable. Se esforzaba por que sus discursos se volvieran célebres en lugar de brillar por sus actos.

Capítulo XL — Como el sentimiento de los bienes y los males depende en gran parte de la idea que de ellos nos formamos

No existe una definición categórica del mal, pues varía dependiendo de los hombres: algunos lo ven en la pobreza, otros en el sufrimiento. En cuanto a la felicidad, solo aquellos convencidos de ser felices lo son.

Capítulo XLI — De la codicia de la gloria

Los gloriosos disfrutan comunicando «su» gloria, aunque a menudo son otros los que, desde las sombras, se la han entregado a los primeros.

Capítulo XLII — De la desigualdad que existe entre nosotros

Solo la sabiduría permite distinguir a los hombres según sus cualidades. Un rey no es más sabio, ni más feliz, ni más privilegiado que un hombre corriente. A menudo, los atributos de las grandes personalidades son imaginarios.

Capítulo XLIII — De las leyes suntuarias

Las ordenanzas reales contra el lujo en vigor entre los siglos XIII y XVI para regular la vestimenta en función del rango social solo sirven para que se envidie a los privilegiados. Sin embargo, lo que más bien debería hacerse sería menospreciar el hecho de que solo sean capaces de distinguirse por la riqueza.

Capítulo XLIV — Del dormir

El sueño es importante y no se opone a la valentía.

Capítulo XLV — De la batalla de Dreux

Montaigne considera que sacrificar una parte de las tropas para lograr la victoria puede ser una buena táctica militar.

Capítulo XLVI — De los nombres

Los hombres se equivocan al concederle tanta importancia a los nombres propios, ya que la identidad no se deriva de estos.

Capítulo XLVII — De la incertidumbre de nuestro juicio

Una decisión puede tener consecuencias que difieren del objetivo original. Por ejemplo, armar suntuosamente a los soldados con el fin de estimular su valentía puede, por el contrario, hacer que se distraigan del combate, demasiado ocupados en admirarse a sí mismos. Así, las decisiones que se toman y sus resultados dependen, sobre todo y al igual que los acontecimientos, del azar.

Capítulo XLVIII — De los caballos de combate

En este capítulo se habla sobre la importancia de los caballos en la historia.

Capítulo XLIX — De las costumbres antiguas

Los pueblos se juzgan los unos a los otros basándose en sus costumbres, a pesar de que todas ellas son relativas, como demuestran los cambios de hábitos y de gustos en todos los ámbitos.

Capítulo L — De Demócrito y Heráclito

La condición humana afectaba al filósofo griego Heráclito (c. 550-480 a. C.), mientras que al filósofo Demócrito (c. 460-370 a. C.) no le preocupaba y la juzgaba merecida. Para Montaigne, es bueno explotar todos los temas dignos de reflexión.

Capítulo LI — De la vanidad de las palabras

Montaigne acusa a la retórica de ser un arte que consiste en hablar con grandilocuencia sin que las palabras se traduzcan en actos.

Capítulo LII — De la parsimonia de los antiguos

Grandes figuras, como Catón o Escipión Emiliano, el general romano que destruyó Cartago en el siglo II a. C., vivieron en una frugalidad extrema.

Capítulo LIII — De una sentencia de César

Al igual que Montaigne, al emperador romano Julio César (100-44 a. C.) le sorprendía que la mente humana se dedique a descubrir lo que escapa de su control en lugar de a intentar comprender las cosas sencillas.

Capítulo LIV — De las vanas sutilidades

Es preferible realizar actos eficaces en vez de buscar la complicación o la singularidad, o de ejercer el arte de la retórica.

Capítulo LV — De los olores

Los olores afectan nuestro humor, algo por lo que deberían interesarse la medicina o la religión.

Capítulo LVI — De las oraciones

La oración establece una relación entre el hombre y Dios. En vez de utilizarla como una fórmula mágica, el hombre debería emplearla como herramienta para comunicarle a Dios el dolor sincero que siente por haberle ofendido con sus pecados.

Capítulo LVII — De la edad

En lugar de disertar sobre la edad de la vejez, es mejor dejar que los jóvenes actúen con libertad, ya que los grandes actos suelen completarse antes de cumplir treinta años.

LIBRO II

Capítulo I — De la inconstancia de nuestras acciones

Es difícil juzgar a los hombres porque siempre actúan de manera inconstante: sus actos varían en función del momento y de las circunstancias.

Capítulo II — De la embriaguez

La embriaguez aniquila el cuerpo y la mente.

Capítulo III — Costumbre de la isla de Cea

Montaigne debate sobre el suicidio. ¿Es comprensible o solo Dios puede decidir el momento de la muerte? El filósofo considera que es una decisión valiente y, en determinadas circunstancias, justificada.

Capítulo IV — Mañana será otro día

No hay que sentirse esclavo de las cosas: para sentirse libre, hay que ser capaz de posponerlas.

Capítulo V — De la conciencia

Este capítulo cuestiona la tortura. Se supone que la buena conciencia moral del inocente debería hacerle resistente a la tortura, pero en realidad le lleva a confesar cualquier cosa. En cambio, el culpable sabe que si resiste al dolor de la tortura se salvará de una muerte segura.

Capítulo VI — De la ejercitación

¿Cómo prepararse para la llegada de la muerte? El sueño y el desmayo son experiencias cercanas a esta, pero para aprender a vivir y a morir, lo importante es aprender a conocerse, algo que se logra a través de la escritura.

Capítulo VII — De las recompensas del honor

Para que estas sigan siendo honradas, deben ser repartidas con mesura según el mérito.

Capítulo VIII — Del amor de los padres a los hijos

El valor de nuestros hijos, su inteligencia y su moralidad no son nuestros sino suyos; por eso, hay más motivos para amar lo que nuestra propia mente crea, como la poesía, que a nuestros hijos.

Capítulo IX — De las armas de los partos

Llegado el combate, los partos —un antiguo pueblo de origen iraní— confiaban más en la valentía que en las armas. Hoy en día, los hombres ni siquiera tienen el coraje de tomar las armas.

Capítulo X — De los libros

Montaigne lee por placer y para conocerse mejor. Describe sus géneros y autores preferidos: sus poetas predilectos son Virgilio (siglo I a. C.), Lucrecio (98-55 a. C.), Catulo (siglo I a.

C.) y Horacio (65-8 a. C.).

Capítulo XI — De la crueldad

La moralidad es, para Montaigne, una virtud innata, una sensibilidad que le hace odiar naturalmente la tortura y la persecución, actos de gran crueldad.

Capítulo XII — Apología de Raimundo Sabunde

Este teólogo español (fallecido en 1436) quería demostrar el concepto de la verdad de la religión a través de la razón. Montaigne le contradice porque, en su opinión, la razón humana no basta: ninguna escuela en todo el mundo ha logrado descubrir la verdad, que solo se revela con la ayuda del azar o de Dios. La razón humana es débil y debe ser compensada con la gracia de la fe.

Capítulo XIII — Del juzgar de la muerte ajena

¿Cómo valorar la valentía del moribundo cuando no es consciente de estar muriendo porque su alma está tan débil como su cuerpo?

Capítulo XIV — Cómo nuestro espíritu se embaraza a sí mismo

El hombre que duda entre dos posibilidades equivalentes debe, con todo, tomar una decisión. ¿Reposa esta en lo irracional?

Capítulo XV — La privación es causa de apetito

La dificultad hace que aumente el deseo. Lo mismo ocurre

con la vida: es la perspectiva de la muerte lo que hace que aumente su valor.

Capítulo XVI — De la gloria

El único honor que existe es el de haber vivido con serenidad. Todo lo demás depende del azar o de la aprobación de ignorantes que no ven más allá de las apariencias.

Capítulo XVII — De la presunción

Un presuntuoso es alguien que se gusta por encima de los demás. Montaigne, por el contrario, tiende a sobreestimar al prójimo. Aun así, se considera que es un sujeto de estudio, pero se desprecia más que otra cosa: no le gusta su físico, encuentra que tiene varios defectos, se arrodilla ante los antiguos, etc. No espera que su libro le depare gloria alguna.

Capítulo XVIII — Del desmentir

Montaigne no busca pasar a la posteridad; ha escrito su libro para sí mismo (para enmendarse mediante la escritura) y para sus parientes y amigos cercanos.

Capítulo XIX — De la libertad de conciencia

El capítulo trata sobre la libertad de conciencia religiosa que los protestantes reclamaron incesantemente en el siglo XVI. Montaigne cree que esta atiza la disensión civil, y que expande y aumenta la discordia. Además, por otra parte, otorgar libertad de conciencia debilita la religión en cuestión, puesto que la dificultad reaviva la fe, mientras que la facilidad la atenúa.

Capítulo XX — No gustamos nada puro

El sufrimiento siempre se mezcla con el placer y, en la ley, la justicia hace lo propio con la injusticia. Esta mezcla de elementos está presente en lo humano y en todo lo demás.

Capítulo XXI — Contra la holganza

La holganza es incompatible con los deberes de los emperadores y de todos los hombres.

Capítulo XXI — De las postas

Montaigne reconstruye la historia de los medios que los príncipes de la Antigüedad emplearon para que les llegara el correo.

Capítulo XXIII — De los malos medios encaminados a buen fin

Como el hombre es débil, debe valerse de malos medios para llegar a buenos fines. Este es el caso cuando los males de la guerra desvían a los ciudadanos de la ociosidad y de los complots.

Capítulo XXIV — De la grandeza romana

Los contemporáneos de Montaigne habrían tenido que seguir la costumbre de los romanos, que consistía en dejarle los reinos a los reyes vencidos.

Capítulo XXV — Inconvenientes de simular las enfermedades

A fuerza de simular enfermedades para escapar de una u

otra labor, acabamos cayendo enfermos de verdad.

Capítulo XXVI — De los pulgares

Son muchas las costumbres que demuestran la importancia de los pulgares. Por ejemplo, una de muchas es la del público romano que, moviéndolo hacia arriba o hacia abajo, decidía la suerte de los luchadores en la arena.

Capítulo XXVII — Cobardía, madre de crueldad

La cobardía va de la mano de la sed de sangre. Montaigne condena los duelos en vigor en su época, cuyo pretexto está basado a menudo en una nimiedad. El duelo pone en peligro a los duelistas, pero también a los testigos. Estos combates no se llevan a cabo en nombre del bien público, sino en el del interés propio. La sangre vertida corre el riesgo de engendrar una matanza provocada por la venganza. Los tiranos y los jueces también son a menudo cobardes; este es el motivo por el que prolongan la vida y la torturan.

Capítulo XXVIII — Cada cosa quiere su tiempo

Hay un momento para cada cosa y, por tanto, para cada edad: a la juventud le corresponde el aprendizaje, y a la vejez, el acto de deshacerse de lo que se posee.

Capítulo XXIX — De la virtud

Hay que juzgar a un hombre a largo plazo, porque la virtud puede deberse a la casualidad o a un excepcional arrebato del alma.

Capítulo XXX — De una criatura monstruosa

Al malformado se le dice monstruoso, pero la decisión divina responsable de ello escapa al control humano.

Capítulo XXXI — De la cólera

La cólera engendra castigos injustos, porque lleva al alma del hombre fuera de sí y la guía.

Capítulo XXXII — Defensa de Séneca y de Plutarco

Montaigne defiende, entre otros, los relatos de Plutarco (pensador e historiador de la Antigua Roma, *c.* 50-125), que sus homólogos juzgan inverosímiles.

Capítulo XXXIII — La historia de Espurina

Espurina se desfiguró por miedo a sucumbir a los deseos que suscitaba en los demás por su belleza. Demostró un exceso de virtud; ahora bien, demostrar moderación es una virtud mayor que hacer prueba de exceso de virtud.

Capítulo XXXIV — Observaciones sobre los medios de hacer la guerra de Julio César

El emperador romano es un ejemplo: solo exige que sus soldados sean valientes y solo castiga la desobediencia.

Capítulo XXXV — De tres virtuosas mujeres

El filósofo pone como ejemplo a tres mujeres excepcionales que, en lugar de llorar por la suerte de sus maridos, los acompañaron en la muerte.

Capítulo XXXVI — De los hombres más relevantes

Homero (siglo VIII a. C.), autor de la *Ilíada* y de la *Odisea*, es el primer poeta. Alejandro Magno (356-323 a. C.), rey de Macedonia, se convierte en el dueño del mundo en pocos años. Epaminondas (418-362 a. C.), general y hombre de Estado beocio, tenía unas costumbres ejemplares. He aquí tres hombres excepcionales.

Capítulo XXXVII — De la semejanza entre padres e hijos

Montaigne ha heredado la enfermedad de su padre: el cólico. Así, habla de médicos que se contradicen los unos a los otros y aconseja ponerse en manos de la naturaleza.

LIBRO III

Capítulo I — De lo útil y de lo honroso

Montaigne prefiere no comprometerse con la función pública ya que, para ser políticamente eficaz en este tipo de asuntos, es necesario traicionar, mentir y hacer daño.

Capítulo II — Del arrepentimiento

Nadie se conoce mejor que uno mismo. Por tanto, la conciencia propia es la única que puede reconocer sus errores. Lo único de lo que no podemos arrepentirnos es de vicios tan enraizados en nuestro interior que somos incapaces de identificarlos como tales.

Capítulo III — De tres comercios

Al pensador le encanta relacionarse con hombres honestos y virtuosos, con hermosas mujeres en el seno de una relación amorosa leal, y con libros. De estos tres tipos de relaciones, solo la última no depende del prójimo o del azar. Los libros suponen un refugio y un remedio a los sufrimientos que la existencia conlleva.

Capítulo IV — De la diversión

¿Cómo es preferible consolar un corazón afligido, compadeciéndonos de él o alejándolo de su tristeza? Montaigne considera que el espíritu humano, de naturaleza inestable, encuentra la diversión con facilidad y que, por lo tanto, el segundo método es eficaz.

Capítulo V — Sobre unos versos de Virgilio

Montaigne se vale de sus recuerdos amorosos para alejarse de la tristeza que la vejez que le invade le provoca. Piensa que a menudo el matrimonio no es una elección, sino un acto de obediencia a las costumbres, y habla de la sexualidad afirmando que, aunque es natural, los hombres la evitan en sus conversaciones. El pensador rechaza los celos en las relaciones amorosas. Finalmente declara que, en su opinión, es conveniente ser paciente en el amor: las mujeres hacen bien en dejarse cortejar durante mucho tiempo. El filósofo elige al poeta antiguo Virgilio (siglo I a. C.) para apoyar su idea, según la cual el estilo poético alusivo que despierta la imaginación es el adecuado para el amor.

Capítulo VI — De los vehículos

En este capítulo, Montaigne habla sobre los medios de transporte. Algunos emperadores romanos se desplazaban en suntuosos carruajes, pero tanto lujo, cuando no se despliega para embellecer el reino o para defenderlo, ofende al pueblo. La riqueza de un país no le pertenece a su jefe de Estado, pues este solo tiene que administrarlo para lograr el bienestar del pueblo. En el continente americano hay reyes que, además de ser valientes, constituyen modelos de abnegación con sus súbditos. Por tanto, hay que deplorar la colonización, que no solo ha exterminado a las poblaciones indígenas, sino que también ha rechazado su civilización—a pesar de ser menos cruel que la europea—.

Capítulo VII — De la incomodidad de la grandeza

Es definitivamente preferible llevar una vida sin esplendor que ser rey, porque ¿cómo puede un rey demostrar moderación cuando su poder es absoluto? Además, a menudo tiene que sufrir la hipocresía de sus súbditos.

Capítulo VIII — Del arte de platicar

Cuando se practica la escucha mutua, la conversación entre dos interlocutores del mismo nivel es estimulante para el espíritu. Pero es preciso encontrar un adversario a nuestra medida y que el objetivo sea alcanzar la verdad, no tener razón. Por tanto, los príncipes no pueden practicarla porque carecen de iguales y no pueden revelarse débiles o ignorantes en determinadas cuestiones. Montaigne también aprecia conversar a través de una lectura, buscando descubrir al hombre que se esconde tras el autor.

Capítulo IX — De la vanidad

A los hombres les encanta viajar para escapar del día a día. De esta manera, a través del viaje y lejos de los asuntos públicos y privados, el autor puede pensar únicamente en sí mismo. Es un verdadero placer descubrir constantemente cosas nuevas y sumergirse en lo desconocido de las costumbres que es necesario intentar comprender. Además, abandonar a tu mujer durante un tiempo no es malo, ya que la ausencia reaviva el amor.

Capítulo X — Gobierno de la voluntad

Montaigne piensa que hay que preferirse a uno mismo antes que a los deberes hacia los demás; por eso privilegia la meditación y no el compromiso político y social. Asume su cargo como alcalde de Burdeos, pero no en detrimento de su vida privada. El hombre solo debe ocuparse de los temas públicos con moderación porque, de todas maneras, el único tribunal válido es el de nuestra propia conciencia, y no la opinión de los demás. Por tanto, «hay que prestarse a otro, pero no darse sino a sí mismo» (Montaigne 2003, libro III, cap. X).

Capítulo XI — De los cojos

Se consideraba que las cojas tenían competencias sexuales fuera de lo común. Con todo, esto solo es real en la imaginación, y esta influye en los sentidos. Por tanto, hay que resistirse a las opiniones preconcebidas y evitar juzgar, porque solo Dios tiene la capacidad de hacerlo. En esta misma línea, Montaigne se opone a la condena a muerte de las brujas, víctimas de prejuicios infundados.

Capítulo XII — De la fisonomía

Más que reflexionar por sí mismos, los hombres se adhieren a la opinión generalizada y a los rumores. Además, tienden a preferir el artificio y la posesión de algo por encima de lo que ellos mismos son, a pesar de que deberían seguir los dictados de la naturaleza, que tranquilizan. Los campesinos que viven conforme a esta son más valientes que los hombres instruidos por la ciencia: se enfrentarán a la peste y a la muerte con serenidad. Efectivamente, la naturaleza ayuda a prepararse para la muerte en la medida en que nos recuerda que de nada sirve pensar en ella constantemente, porque entra dentro del orden natural de las cosas. Es mejor vivir según las leyes de la naturaleza que aspirar a la perfección.

La fisonomía no siempre va de la mano con el ser interior, como se demuestra en la fealdad del filósofo griego Sócrates (470-399 a. C).

Capítulo XIII — De la experiencia

Dejarse guiar por la experiencia es la mejor forma de descubrir la verdad. Lo mismo ocurre con el ejercicio de la introspección: hay que observarse diariamente para conocerse. Montaigne recomienda una vez más seguir los dictados de la naturaleza y no tanto los de los médicos, algo que resulta beneficioso y satisface al hombre. Acaba su obra con una oda a la vida, al dominio de uno mismo y a la moderación, las virtudes del verdadero hombre sabio.

PUNTOS DESTACADOS

EL HUMANISMO

Montaigne se inscribe en el humanismo del Renacimiento. Se trata de un movimiento intelectual que nace en la Italia del siglo XIV y que se expande a continuación por el resto de Europa en los siglos XV y XVI. Lo hace gracias a los avances de la imprenta y al éxodo de numerosos eruditos griegos refugiados en Italia después de que los turcos conquistaran Constantinopla.

La presencia de estos eruditos griegos en Italia despierta en los humanistas las ganas de obtener los textos antiguos originales —y no sus traducciones latinas, con un gran número de glosas y comentarios anotados— para lograr comprender e interpretar por sí solos el mensaje de los antiguos. Este regreso a las fuentes antiguas y la prominencia del espíritu crítico son dos de las características más importantes del humanismo. Siguiendo esta línea, los letrados de la época también quieren leer la Biblia sin ayuda y sin intermediarios.

Esta empresa se acompaña de la idea de que los estudios literarios convierten al hombre en un ser más digno. Por lo tanto, lo importante es perfeccionarse como ser humano y, al mismo tiempo, maravillarse ante la grandeza de algunos, especialmente de los autores antiguos y de figuras como Sócrates. El mundo antiguo rebosa de ejemplos de heroísmo, a diferencia de la época de Montaigne. La libertad, la justicia y la prosperidad de la República romana atraen en gran medida al filósofo.

Los humanistas, que quieren acercarse todo lo posible a sus modelos, le otorgan una gran importancia a la educación, que puede conseguir que el hombre sea mejor: uno no nace siendo hombre, sino que se convierte en él. Para ello, es necesaria una gran sed de conocimiento alimentada por el cosmopolitismo. De esta forma, la educación significa relacionarse con gente.

COMPOSICIÓN Y ESTRUCTURA DE *ENSAYOS*

Con los *Ensayos,* repartidos en tres libros, Montaigne desea conocerse mejor al dar su opinión sobre varios y muy variados temas, cuya sucesión sin estructura aleja a la obra de una síntesis ordenada.

El libro I y el libro II fueron publicados simultáneamente en 1580. El primero reagrupa reflexiones filosóficas sobre la muerte, la amistad, la educación o la soledad, así como algunas observaciones históricas y militares; el segundo, por su parte, se centra esencialmente en el autor, que habla de sus gustos literarios, de su objetivo de retratarse y de su opinión sobre temas como el suicidio, la relación paternofilial, la crueldad o la enfermedad.

El libro III se publicó en 1588 y se centra en reflexiones políticas y filosóficas: la conciencia individual y la experiencia del día a día dan acceso a la verdad. Montaigne expone su filosofía, que no es otra que seguir los dictados de la naturaleza.

Los principales temas de *Ensayos* son los siguientes:

• el ejercicio de nuestro espíritu crítico;

- la condena a todo tipo de violencia (persecución, guerra, tortura, etc.);
- la educación y los viajes: el objetivo no es acumular conocimientos, sino formar el buen juicio;
- la apertura al otro: Montaigne se interesa en todos, tanto en las tribus lejanas como en sus allegados (amor, amistad, conversación);
- el cuerpo y la enfermedad: Montaigne, que está enfermo, conoce el sufrimiento y la manera en que están conectados el cuerpo y la razón. Convierte la salud en el bien soberano;
- la vejez y la muerte. El filósofo quería enfrentarse a la muerte, pero acaba por aceptarla como parte integrante de la vida;
- filosofía, moral y religión. Se prefiere la experiencia al pensamiento abstracto.

El ensayo es un género literario creado por Montaigne. Su objetivo es ejercer el buen juicio, que se alcanza a través del cuestionamiento de diversos temas y a cuyos interrogantes hay que responder. No obstante, no hay que dejar lugar a la deducción. En otras palabras, un ensayo es un comentario personal sobre uno o varios temas a elegir. Sin embargo, aunque el «yo» ocupa el lugar predominante, no es una autobiografía, ya que pertenece al ámbito del conocimiento y no al del relato de vida.

CLAVES DE LECTURA

UN AUTORRETRATO

El objetivo de la obra de Montaigne es el autoconocimiento. El autor se describe sin artificios y con naturalidad para que sus allegados puedan, tras su fallecimiento, acordarse de él tal y como lo conocieron. Ofrece su propio retrato físico, intelectual y moral. Sin embargo, le da menos importancia a la descripción física y más a la recopilación de sus experiencias, de sus lecturas y de la gente a la que conoce.

Es evidente que lo que Montaigne busca no es glorificarse, defenderse o ejercer de moralista, pero reconoce el aspecto orgulloso de su empresa: a menudo es forzosamente el único personaje en escena y, cuando no describe lo que hace y lo que le ha pasado, expresa su opinión y su propia sensibilidad. Sin embargo, no se complace observándose. De hecho, a Montaigne no le tiembla el pulso a la hora de criticarse y de informarle al lector de sus defectos. Además, no dice nada sobre los honores y las recompensas que recibe a lo largo de su vida, ni de las acciones humanitarias que lleva a cabo, ni siquiera de los testimonios de afecto y confianza que otros le profesan. Lo que el autor busca no es la autoexaltación, sino vivir en paz consigo mismo.

En definitiva, la escritura es un medio para conocerse, y lo único que desea Montaigne es descubrirse a sí mismo. Sin embargo, este intento va más allá de lo biográfico, porque también pretende describir al hombre en general: el filósofo se considera una muestra de la humanidad. Este conocimiento de la condición humana pasa por la descripción de los actos humanos en su conjunto, de las costumbres, de las palabras y de los decires de los hombres. Podemos saber mucho más sobre el ser humano conociendo los detalles cotidianos que las grandes hazañas.

Los efectos que tuvo en su persona la redacción de la obra fueron numerosos: le ayudó a entender mejor a los demás, a reflexionar sobre los problemas religiosos, políticos y sociales de su época, a estabilizarse y a construirse.

LA ESCRITURA DE MONTAIGNE

La escritura de *Ensayos* experimenta las fluctuaciones propias de la reflexión, las idas y venidas de un pensamiento abierto —ese que refleja la diversidad del mundo y del hombre—, y permite ver las cosas de otra manera.

La escritura de Montaigne se caracteriza por su sencillez. El proyecto del filósofo deja a un lado toda retórica: el lenguaje debe ser ingenuo y natural para mantenerse cerca del «yo» y no deformar el pensamiento con adornos. No se trata de un ejercicio de estilo, sino de un ejercicio de reflexión. Sin embargo, la elección de las palabras sigue siendo importante en la transposición de las ideas. Así, el estilo se pone al servicio del pensamiento y no al contrario. De la misma manera, Montaigne adapta el ritmo de la frase a su contenido valiéndose de una expresión natural si la idea que quiere reflejar es simple, de una escritura mordaz si quiere, por ejemplo, imitar a Séneca, o de largos pasajes interrumpidos por incisos para expresar la sinuosidad de una idea.

No obstante, el filósofo recurre a algunas figuras de estilo que le permiten matizar sus opiniones:

- antítesis, que consisten en unir dos ideas opuestas en un mismo enunciado para señalar su contraste: «[...] el mal más añejo y mejor conocido es siempre más soportable que el reciente e inexperimentado» (Montaigne 2003, libro III, cap. IX), «basta con enharinarse el semblante sin ejecutar lo propio con el pecho» (Montaigne 2003, libro III, cap. X), «dejan las cosas, y corren a las causas» (Montaigne 2003, libro III, cap. XI);
- comparaciones y metáforas. La comparación establece un vínculo de analogía entre dos ideas u objetos: «El vicio deja como una úlcera en la carne y un arrepentimiento en el alma [...]» (Montaigne 2003, libro III, cap. II). La metáfora se diferencia de la comparación en la medida en que esta no habla en términos comparativos, sino que designa un objeto o una idea a través de una palabra adecuada para representar otro objeto u otra idea: «El corazón y la vida de un emperador glorioso no son el desayuno de un gusanillo» (Montaigne 2003, libro II, cap. XII);
- ironía, que consiste en decir lo contrario de lo que se piensa. En el capítulo 6 del libro III Montaigne ironiza sobre la supuesta superioridad de los europeos sobre los indígenas.

Finalmente, dado que el objetivo del filósofo no es convencer sino hacer reflexionar a su lector, recurre a:

- ejemplos, anécdotas y observaciones que contradicen o apoyan ideas;

- la recurrencia. Varios de los temas que trata son recurrentes y aparecen en diversos capítulos. Montaigne puede, por ejemplo, desarrollar un tema desde el punto de vista de la justicia y, más adelante, desde el de la moral;
- el alegato. Habla en contra de Raimundo Sabunde, entre otros, y a favor de los caníbales.

UN JUICIO CRÍTICO

A menudo, Montaigne ha sido considerado demasiado prudente ante cambios e innovaciones. Sin embargo, en realidad, sometía el orden establecido a críticas.

- La desmitificación de los grandes. Se trata de distinguir la función de príncipe del hombre como hombre que es, puesto que los Grandes no son individuos distintos a los otros y pueden perfectamente ser mediocres. De hecho, a menudo ocurre algo deplorable: estos hombres eruditos que deben ejercer las virtudes de humanidad, verdad, lealtad, moderación y justicia, no lo hacen. En lugar de buscar que el pueblo les ame, quieren que se les valore por el lujo o imponerse a través del miedo. Son cobardes y, en vez de enfrentarse a sus enemigos, los aniquilan con crueldad. Montaigne piensa que estos príncipes sanguinarios deberían seguir el ejemplo de los reyes del Perú y de México, que son valientes y queridos por su pueblo.
- La crítica al derecho. El derecho es fruto de decisiones arbitrarias procedentes de hombres débiles y vanidosos. Este es el motivo por el que fluctúa según las épocas y los hábitos de los países, y ello a pesar de que debería ser inmutable y estar basado en la razón. Además, Montaigne

se lamenta de que las leyes sean redactadas en un lenguaje oscuro e incomprensible para el pueblo, que, en consecuencia, no puede comprenderlas ni respetarlas. Es más, el problema del lenguaje da pie a interpretaciones a menudo contradictorias. El filósofo vuelve a criticar las leyes heredadas del derecho romano, que ya no son adecuadas para su época y que a menudo son injustas (como la tortura), y deplora que muchas veces el derecho sea muy caro y que, por tanto, no esté al alcance de la mano de todo el mundo.

- La denuncia de la guerra. Montaigne considera que el único deseo de la guerra es matar, lo que demuestra nuestra estupidez y nuestra imperfección. Mientras que en la época de los antiguos podía significar valentía, en su época no es más que crueldad y ambiciones mezquinas. Llevar a cabo una guerra es abandonar la moral individual.
- El anticolonialismo. Los conquistadores españoles y portugueses perpetraron abominables masacres. Vanidosos y ávidos, se concedieron un poder absoluto rebosante de brutalidad, llegando incluso al punto de negar la humanidad de los indígenas. La colonización tuvo lugar rodeada de una despreciable crueldad: las ciudades fueron arrasadas, las naciones exterminadas y los pueblos traicionados, amenazados y aniquilados. Esto lleva a que Montaigne se pregunte lo siguiente: ¿quiénes son bárbaros y salvajes, los europeos o los indígenas?

Sin embargo, como señalamos con anterioridad, Montaigne se mostró en contra de las innovaciones y desconfió de las reformas, que le parecían peligrosas. De hecho, la posibilidad de la vida en sociedad descansa, en su opinión, en la obediencia al orden establecido. Aunque no es conservador, no por ello deja de distinguir lo público de lo privado: hay que sobrevivir más allá de las leyes de los príncipes y dentro de las propias. Por lo tanto, disfruta en su interior de libertad para pensar y criticar todo aquello que considera injusto.

LA EDUCACIÓN

El filósofo enuncia principios pedagógicos fundados en la creencia común a los humanistas según la cual el hombre es bueno por naturaleza: la tendencia al mal tiene sus raíces en una mala educación o en relacionarse con personas que empujan al pecado y a la malicia. Por tanto, hay que evitar que los niños sufran estas nefastas influencias y permitir que conserven su naturaleza buena.

Montaigne se opone a la educación colectiva de los centros educativos, incapaz en su opinión de formar espíritus creativos. En cambio, preconiza una educación individual a través de un preceptor atento a la naturaleza del niño. Además, el diálogo debe prevalecer por encima de la enseñanza ex cátedra.

Según el filósofo, las líneas generales de una buena educación son las siguientes:

- ejercicio del juicio crítico. El niño debe verse confrontado a conocimientos de diversa índole y a puntos de vista variados para lograr compararlos y criticarlos. Esto le lleva a dudar de ciertos principios y a adoptar otros. En definitiva, Montaigne se opone al aprendizaje memorístico: afirma que es preferible una mejor cabeza que provista de ciencia;

- ejercicio físico. El cuerpo debe endurecerse para dejar de temer el frío y la oscuridad. Así, los músculos se vuelven más fuertes y se entrena al niño a sufrir menos. En la enseñanza ideal de Montaigne, el cuerpo se respeta tanto como la mente, porque las facultades morales y físicas están relacionadas entre sí. Poner a prueba el cuerpo conduce al domino de las pasiones y de los instintos;
- desarrollo de una mente abierta. El aprendizaje no está tanto en los libros como en la naturaleza: hay que aprender a observar, a razonar, a comprender el todo para después adquirir un conocimiento concreto que el espíritu bien formado elige libremente. Para ello, es necesario el trato con los hombres —tanto con campesinos como con nobles— a través de la conversación; en definitiva, mediante el contacto con las cosas de la vida como un todo;
- viaje. Los viajes permiten que el niño se enfrente a cosas nuevas y a lo desconocido. Cabe señalar que a Montaigne le interesan las costumbres y los hábitos de los otros pueblos y que quiere comprenderlos, no juzgarlos. Ve en el viaje una manera de enriquecerse con conocimientos y no un intento de asimilar al prójimo. El alumno deberá adoptar la misma actitud para convertirse en un hombre tolerante.

La finalidad de la educación es moral. Debe permitirle al alumno convertirse en alguien mejor y más sabio, capaz de reconocer y elegir su propia verdad.

LA RELIGIÓN

Montaigne no está de acuerdo con el teólogo Raimundo Sabunde, que propone poner la razón —que es un don de Dios— al servicio de la fe. De hecho, juzga que la razón humana es incapaz de conocer a Dios porque el hombre no está a su mismo nivel. Según el filósofo, pensar que Dios es como el hombre es un sacrilegio: Dios es transcendente y no debe de ninguna manera mezclarse con nuestra corrupción y nuestra miseria.

De la misma manera, es un error buscar descubrir sus deseos, porque son incomprensibles para el hombre. Montaigne pone como ejemplo a los hombres discapacitados: si los demás los consideran hombres imperfectos a pesar de que se supone que Dios crea con perfección, entonces puede que estos individuos no tengan nada de monstruoso ante los ojos de Dios. Por lo tanto, no hay que juzgar sus obras ni sus intenciones.

Montaigne concibe a Dios como un ser transcendente pero que no siempre interviene en los asuntos humanos. Por consecuencia, es una estupidez por parte de la mayoría de la gente dirigirle plegarias repletas de peticiones. La fe no debería fundarse en los hechos: Dios no es la causa de todo lo que nos ocurre y se vale más a menudo de una justicia que nos es desconocida que de su poder. Así, la fe solo debería expresar el reconocimiento del hombre por Dios, que le permite mover hacia atrás los límites de su débil naturaleza. De hecho, el hombre solo puede elevarse por gracia divina y es necesario transmitirle nuestra gratitud a través de nuestras plegarias, en vez de comunicarle nuestros deseos.

Solo la gracia de Dios salva a los hombres que no pueden serlo debido a sus actos o a sus obras. Esta última idea es uno de los dogmas católicos que cuestiona la reforma protestante. También Lutero (reformador alemán, 1483-1546) traduce la Biblia al alemán para permitir que la gente la pueda leer e interpretar sin tener que recurrir a la figura del sacerdote. Esta revisión libre de las Escrituras culmina con el rechazo de ciertos dogmas, como el culto de los santos y los sacramentos, aparte del bautismo y de la comunión. El protestantismo es, así, una religión purificada que suprime los intermediarios entre el hombre y Dios. Sin embargo, Montaigne no ve con buenos ojos la reforma protestante: considera ridículo meterse en estas cuestiones debido a la debilidad del espíritu humano. Además, son razonamientos perjudiciales para la moral y para la vida en sociedad. La lucha entre católicos y protestantes degenera demasiado a menudo en fanatismo, y ambos deberían mostrarse moderados.

La moderación debe estar en el centro de cualquier acción porque define una conducta moral. El filósofo insiste en esta última más que en el contenido de la creencia, porque el juicio individual es demasiado débil e inconsistente como para hablar de ella. Ser moderado equivale a ser modesto. En cambio, condena la devoción excesiva, que esconde hipocresía, odio, avaricia e injusticia.

Asimismo, Montaigne piensa que la religión es una herencia cultural y un fenómeno social que, como tal, experimenta un nacimiento y un declive. La religión, más que a un acto de fe, se debe al azar que hace que tal o cual tradición caiga en la obediencia: más que una revelación, lo que hace que un hombre adopte una u otra fe es la educación.

El autor de *Ensayos*, aun siendo católico, marca distancias con el catolicismo en algunos aspectos. Por ejemplo:

- apenas habla de la Virgen, de las reliquias y de los milagros;
- defiende el suicidio, condenado por la Iglesia;
- no cree mucho en los pecados y en el arrepentimiento;
- para él, la idea del paraíso o la vida terrenal tras la resurrección son ideas descabelladas.

Todo esto hace que dudemos de la fe de Montaigne. En realidad, su religión es natural: oscila entre el fideísmo, que exige basar la relación con Dios en la fe y no en la razón, y el agnosticismo, que niega la capacidad del hombre de alcanzar las nociones metafísicas.

LAS RELACIONES HUMANAS

Montaigne disfruta de la vida y de las oportunidades que esta le brinda para conocer a gente. Las emociones y los sentimientos ocupan un lugar importante en su existencia, y busca relacionarse con los hombres. Evoca especialmente dos tipos de relaciones:

- con las mujeres. Al filósofo no le da vergüenza hablar libremente sobre la sexualidad, que considera natural, necesaria y justa. Para Montaigne, el amor es sobre todo voluptuosidad y deseo desenfrenado. Pero el acto sexual estimula la mente, ya que esta está estrechamente unida al cuerpo. Este es el motivo por el que considera que el lenguaje poético está especialmente capacitado para expresar el amor. Montaigne no se plantea más que excepcionalmente mantener una amistad intelectual con una mujer. Sin embargo, no ve ningún inconveniente a la hora de dejar que su mujer se encargue de sus tierras cuando él se va de viaje, algo que se puede considerar como un tipo de igualdad. Por tanto, es difícil definir con precisión el pensamiento de Montaigne en relación con el papel y el estatus de la mujer: a veces está sometida a su cuerpo, es caprichosa, infantil y poco apta para ser educada; otras, está hecha de la misma pasta que el hombre, es igual pero la diferencian solamente sus costumbres, y al autor le parece normal que se rebele contra las normas que el hombre intenta imponerle. Asimismo, el matrimonio no es para él más que un procedimiento social necesario que se lleva a cabo para respetar la tradición, pero que es incompatible con el deseo porque hay que mostrarse austero y devoto. De esta forma, siempre existe una separación entre el hombre y la mujer;

- la amistad. En la amistad no existe la distancia, tal y como demuestra su relación, excepcional y que nunca se llega a debilitar, con Esteban de La Boëtie. La ventaja de la amistad con respecto a los demás tipos de relación es que está fundada en una igualdad que podría tomarse por modelo de justicia en la sociedad. Vincula a dos hombres maduros e iguales: Montaigne y La Boëtie son dos personas con libre albedrío que se han elegido mutuamente. Tras la muerte de su amigo, la mitad de Montaigne se marcha con él. Esto es lo que le lleva a acometer la escritura de

Ensayos. De esta forma, La Boëtie se sitúa en el centro de su vida y de su obra.

Dicho esto, y a pesar de que Montaigne aprecia las relaciones humanas, no por ello deja de mostrarse crítico con respecto a la vida social. De hecho, piensa que esta bulle de ambición, de concupiscencia y de codicia: aunque, por así decirlo, el hombre se incline hacia el bien general más que hacia su interés personal, lo cierto es que lo hace para lograr extraer de este bien general un beneficio personal a través de las relaciones mundanas. Por tanto, en este contexto, es preferible cogerle gusto a la soledad: en el seno de la multitud, los buenos son escasos y los malos contagiosos. Si nos quedamos en ella, o bien nos volvemos como ellos, o bien odiamos demasiado a menudo. Por ello, el sabio huye de la multitud para no tener que soportar sus vicios, y busca vivir con más tranquilidad y más a gusto.

Pero alejarse del pueblo no basta para acabar con el vicio: cambiar de lugar no soluciona el problema. Lo que hay que hacer es trabajar en uno mismo, porque la libertad no es completa hasta que no olvidamos todo lo que hemos dejado atrás y hasta que no nos liberamos de todos los vicios mundanos (aspiración a la gloria, deseo de voluptuosidad y de riqueza, etc.). El aislamiento del alma en sí misma desemboca en el verdadero conocimiento de uno mismo al que aspira Montaigne —tanto para él mismo como para los demás—. Se trata de observar con lucidez y no influidos por la aprobación o las inculpaciones de los demás. Sin embargo, incluso cuando uno está solo consigo mismo, es posible engañarse en relación con sus méritos y con su valor o gestionar mal la soledad al dispersar demasiado su espíritu. Por ello, es necesario apoyarse en los modelos de la Antigüedad y convertirlos en los guías de nuestras intenciones: el respeto que sentimos por ellos nos lleva por la buena senda.

LA BÚSQUEDA DE LA SABIDURÍA

Montaigne estuvo influido por el filósofo escéptico Pirrón (365-275 a. C.). De sus lecturas concluye que el hombre no puede alcanzar la verdad, sobre todo porque sus sentidos le llevan incesantemente a la ilusión. La pluralidad y la diversidad de las doctrinas filosóficas lo demuestran: el hombre parece ser incapaz de detener su mirada en la esencia de la realidad. Solo están a su alcance las apariencias; sin embargo, estas están deformadas por las percepciones sensoriales. No obstante, es imposible fiarse de los sentidos: prueba de ello es el hecho de que cuando sumergimos un palo en el agua, este parece doblarse. Montaigne también evoca la forma en que el estado de salud influye en la manera en que percibimos las cosas, pues no las vemos igual cuando un problema físico nos pone de mal humor. Por último, la imaginación sigue desempeñando un importante papel en la percepción equivocada de las cosas. Así, el hombre debe reconocer que es ignorante e inestable: pasa constantemente de un humor a otro y cambia de idea según las circunstancias. Por ello, debe evitar los juicios categóricos y ser consciente del carácter subjetivo y provisional de sus opiniones: estas son las premisas de la sabiduría.

Para alcanzarla, Montaigne afirma que hay que:

- ser moderado. La moderación y la modestia son esenciales. Se trata de desprenderse de los bienes materiales, de limitar las ocupaciones y de dominar las pasiones. Esto es necesario para no sufrir reveses en la vida, lograr la calma interior y no perder el control de uno mismo;

- ser virtuoso. Esto no significa ser glorioso y disfrutar de una buena reputación porque, en estos ámbitos, las cosas no son más que apariencia e ilusión. El hombre verdaderamente virtuoso practica la sabiduría en la soledad y en el día a día mediante la búsqueda del autoconocimiento, como Sócrates;

- confiar en la naturaleza. Cuando Montaigne comienza a redactar *Ensayos*, los cólicos le hacen sufrir y le acercan a la muerte, pero estas piedras en los riñones también le permiten descubrir que el dolor, en contraste con el placer, permite apreciarlo. Por ello, decide no ponerse en manos de los médicos, sino dejar que la naturaleza haga su trabajo, considerando que es la mejor guía: el hombre solo puede encontrar la felicidad si está en armonía consigo mismo y, al ser uno mismo, viviendo según su naturaleza y según la naturaleza. Esta hace bien las cosas porque ha hecho que sean agradables los actos necesarios como comer, dormir, beber o hacer el amor, y porque de ella provienen los bienes más valiosos.

PISTAS PARA LA REFLEXIÓN

ALGUNAS PREGUNTAS PARA PROFUNDIZAR EN SU REFLEXIÓN

- ¿Qué vínculos puede establecer entre el punto de vista de Montaigne sobre la educación y el de Rabelais (*c.* 1494-1553) en *Pantagruel*? ¿En qué se distinguen los métodos de enseñanza preconizados por estos autores de los que estaban en vigor en su época?
- ¿De qué manera se inscribe *Utopía* de Tomás Moro (1478-1535) en el pensamiento que tiene Montaigne sobre las instituciones?
- ¿Qué significa para Montaigne «pertenecerse a sí mismo» (Montaigne 2003, libro I, cap. XXXVIII)?
- ¿A qué género literario pertenece *Ensayos*? ¿Al del ensayo o al de la autobiografía? Justifique su respuesta.
- ¿Por qué podemos afirmar que es una obra humanista?
- ¿Por qué la moderación es tan importante para Montaigne?
- ¿Por qué podemos decir que Montaigne es escéptico?
- En *Apología de Raimundo Sabunde*, Montaigne arremete contra los filósofos. Explíquelo.
- ¿Qué religión profesa Montaigne? ¿Conoce a otros autores/filósofos que compartan su punto de vista?
- ¿Influyen las guerras de religión en *Ensayos*? Explique su respuesta.
- ¿Qué podemos comentar sobre la argumentación de *Ensayos*?
- ¿De qué forma se acerca la fábula de La Fontaine *Los dos amigos* al concepto de amistad reflejado en la obra de

Montaigne?

¡Su opinión nos interesa!
¡Deje un comentario en la página web de su librería en línea,
y comparta sus favoritos en las redes sociales!

PARA IR MÁS ALLÁ

EDICIÓN DE REFERENCIA

- de Montaigne, Michel. 2003. *Ensayos*. Traducido por Constantino Román Salamero. Alicante: Biblioteca Virtual Miguel de Cervantes.

ESTUDIO DE REFERENCIA

- Boudou, Bénédicte. 2001. *Essais. Michel de Montaigne.* París: Hatier, colección *Profil*.

ResumenExpress.com

Muchas más guías para descubrir tu pasión por la literatura

www.resumenexpress.com

www.resumenexpress.com

ISBN ebook: 9782806283849

ISBN papel: 9782806291523

Depósito legal: D/2016/12603/888

Cubierta: © Primento

Libro realizado por <u>Primento</u>*, el socio digital de los editores*